Analyse de l'œuvre

Par Dominique Coutant-Defer
et Bachir Bourras

Le Voleur d'ombres

de Marc Levy

lePetitLittéraire.fr

Rendez-vous sur lepetitlitteraire.fr et découvrez :

Plus de 1200 analyses
Claires et synthétiques
Téléchargeables en 30 secondes
À imprimer chez soi

MARC LEVY

- **Né en 1961 à Boulogne-Billancourt (Île-de-France)**
- **Quelques-unes de ses œuvres :**
    - *Et si c'était vrai...* (2000), roman
    - *Où es-tu ?* (2001), roman
    - *Un sentiment plus fort que la peur* (2013), roman

Marc Levy entre à 18 ans à la Croix-Rouge en tant que secouriste tandis qu'il étudie la gestion et l'informatique à Paris. Après avoir créé sa première entreprise informatique en France, il part aux États-Unis et fonde en 1984 deux sociétés spécialisées dans les images de synthèse. Six ans plus tard, il démissionne et fonde à Paris un cabinet d'architecture qui deviendra l'un des plus reconnus en France.

Depuis le succès fulgurant de son premier roman *Et si c'était vrai...* (2000), qui est resté soixante-dix semaines dans le classement des bestsellers, Marc Levy se consacre exclusivement à l'écriture. Tous ses romans figurent dès leur parution en tête des ventes annuelles en France et connaissent un succès international.

LE VOLEUR D'OMBRES

UNE ŒUVRE ENTRE FANTASTIQUE, NOSTALGIE ET HUMOUR

- **Genre :** roman
- **Édition de référence :** *Le Voleur d'ombres*, Paris, Robert Laffont, 2010, 274 p.
- **1re édition :** 2010
- **Thématiques :** enfance, fantastique, bonheur, rêve, amour

Paru en 2010, *Le Voleur d'ombres* retrace l'enfance et la jeunesse du narrateur, un petit garçon complexé qui se découvre le pouvoir de voler les ombres de ceux qu'il croise et d'influencer leur destin. Son amour pour sa mère, la fuite de son père, son premier amour ou encore sa longue amitié avec un certain Luc sont évoqués dans ce récit à la tonalité parfois fantastique, où nostalgie et humour s'entrecroisent sans cesse.

LA DÉCOUVERTE D'UN POUVOIR ÉTRANGE

Nouvel élève de sixième dans un établissement de province, le narrateur, un jeune garçon chétif et doux, s'attire les foudres de Marquès, un élève violent et plus âgé. En effet, souffrant du désintérêt de sa famille, ce dernier brutalise les plus faibles. Sur le terrain de l'amour, les deux élèves rivalisent à l'envi en vue de séduire Elisabeth, une camarade de classe. Si le caractère quelque peu gauche du narrateur fait sourire la jeune fille, cela n'ira pas plus loin. Très vite, le narrateur apprend que ses parents se séparent, ce qui chagrine profondément sa mère.

Un jour, alors qu'il rentre du collège, le jeune garçon constate que son ombre est bien plus grande que d'habitude et, à y regarder de plus près, y voit une scène étrange : un homme attire un petit garçon dans un jardin pour le battre. Très vite, il se rend compte que cette ombre n'est pas la sienne et se rappelle que, pendant la journée, il a marché sur celle d'Yves, le gardien du collège. Il fait alors le lien entre ce dernier et l'ombre qui désormais le suit, qui raconterait un épisode traumatisant de l'enfance du gardien. Quelques jours plus tard, le jeune garçon lui rend visite afin d'en avoir le cœur net. Il le questionne sur son enfance, mais Yves nie : son père ne le battait pas.

Un jour, au cours d'une sortie scolaire en forêt, le narrateur s'aperçoit qu'il a cette fois « volé » l'ombre de Marquès et que le même phénomène se reproduit ensuite avec son camarade Luc, le fils du boulanger. « Même si ce n'était qu'un négatif imprimé sur le sol, j'avais l'impression d'être un autre » dit-il (p. 53). Peu à peu, il se rend compte qu'il possède un pouvoir. Il décide alors de garder une certaine distance entre lui et ses camarades pour ne pas leur voler leur ombre. Mais, malgré ses précautions, il continue à chevaucher et à voler les ombres des autres.

Fort de ce nouveau don, le narrateur prend de plus en plus d'assurance et se présente aux élections des délégués de classe qu'il remporte.

LE BONHEUR DES AUTRES

Le narrateur se rend également compte qu'il partage un lien particulier avec les ombres qu'il vole. En effet, celles-ci lui parlent et lui demandent d'utiliser son pouvoir pour rendre leurs propriétaires heureux, ce qu'il accepte. Par ailleurs, l'ombre de Marquès le supplie de ne pas la rendre à son propriétaire qu'elle juge imbécile.

Lors d'un incendie au collège, l'ombre d'Yves guide le narrateur jusqu'à la remise du gardien, qui a soudainement pris feu, pour que le jeune garçon puisse lui porter secours. Malheureusement, une fois sauvé, le gardien déplore la perte d'une lettre de sa mère, morte en couches. Plus tard, pour soulager son ami, le narrateur dépose chez lui une fausse lettre dans laquelle sa mère, enceinte, lui déclare son amour.

Durant l'été, le narrateur part au bord de la mer et y rencontre Cléa, une jolie petite fille qu'il croit sourde et muette, mais avec l'ombre de laquelle il parvient à communiquer. Il lui fait comprendre son pouvoir, lui dit que son ombre a une jolie voix et lui donne un baiser. Cléa écrit alors : « Tu es mon voleur d'ombres, où que tu sois, je penserai à toi. » (p. 114) Lorsque les vacances s'achèvent, le garçon est désespéré à l'idée de quitter la fillette.

Quelques années plus tard, le narrateur est en quatrième année de médecine à Paris. Il continue sa mission, exhorté par les ombres à réparer les cœurs brisés de leurs propriétaires. Ainsi, il parvient à guérir un jeune patient en s'emparant de son ombre et tente de réaliser le rêve d'enfance de Luc, devenu boulanger, mais qui désire être médecin. Malheureusement, ce métier ne lui plaira pas et il finira par retourner à son premier métier. Le narrateur vole également l'ombre de Sophie, sa collègue qui lui plait beaucoup, et s'aperçoit des rapports conflictuels qu'elle entretient avec sa famille.

Pendant les fêtes de fin d'année, la voisine du narrateur, une femme âgée du nom d'Alice, arrive aux urgences : le narrateur ne la reconnait pas. Elle lui parle de ses enfants qui la négligent. Grâce à son ombre, le narrateur se rend compte qu'il n'est pas assez proche des gens qui l'aiment.

CLÉA

Un jour, Luc invite le narrateur pour un weekend au bord de la mer. Ce dernier se souvient que c'est dans la même station balnéaire qu'il a rencontré Cléa. Dans un endroit où ils jouaient souvent, il trouve avec émotion un billet de la fillette disant qu'elle l'a attendu quatre étés, ainsi que le cerf-volant avec lequel ils s'amusaient, à présent tout déchiré. Le narrateur décide alors d'enquêter sur elle. Une commerçante se souvient de Cléa et lui révèle qu'elle n'était ni sourde ni muette, mais autiste, et qu'elle est à présent guérie. Elle est même devenue musicienne. Grâce à Luc, il parvient à la retrouver.

Quelque temps plus tard, Luc annonce au narrateur le décès de sa mère. Celui-ci éprouve un chagrin immense, d'autant plus qu'il ne s'était pas rendu compte de la dégradation de son état de santé, qu'elle lui a soigneusement caché. À l'enterrement, il retrouve Marquès, à présent maire du village. Une fois de retour dans la maison de son enfance, il se rend au grenier où sa mère lui avait dit que quelque chose l'attendrait la prochaine fois qu'il viendrait : c'est un brusque retour en enfance pour le narrateur. L'absence de son père, qui a quitté sa mère pour une maitresse, trouve une explication : le narrateur découvre toutes les lettres que son père lui avait écrites pour Noël et ses anniversaires et qu'il n'a jamais reçues. Il apprend également qu'il a un demi-frère. Ulcéré, il aperçoit l'ombre de sa mère qui pleure et sourit à la fois.

Le narrateur, devenu un jeune médecin, se rend à l'un des concerts de Cléa, mais elle ne le reconnait pas. Vexé qu'il n'ait été qu'un spectateur parmi tant d'autres, il décide momentanément de dire adieu à son enfance et de tourner le dos à son passé.

Cependant, il fait réparer le cerf-volant et, après avoir trouvé l'adresse de la jeune femme et vérifié qu'elle vivait bien seule, le fait voler sous ses fenêtres. Cléa sort alors de l'immeuble : leurs deux ombres se chevauchent et s'embrassent.

ÉTUDE DES PERSONNAGES

LE NARRATEUR

Le narrateur est le personnage principal du roman. Réduit à quelques caractéristiques somme toute bien communes, il est le seul à ne pas avoir de prénom : « Je portais des lunettes, [...] je mesurais dix centimètres de moins que les enfants de mon âge. » (p. 18) Dénué d'identité, il est un caractère évoluant au fil des pages et des âges.

C'est sa vision du monde et des choses qui nous est donnée à voir. Les autres personnages gravitent autour de lui et questionnent sans cesse son rapport à autrui tout comme sa place dans le monde. Depuis ses amours contrariées de l'enfance à celles de l'âge adulte, autrement parsemé de difficultés, les deux parties du roman se font écho. Malgré l'ellipse narrative passant sous silence une dizaine d'années de sa vie, le personnage du narrateur garde une cohérence intérieure par l'abnégation dont il fait preuve.

Fortement marqué par l'absence de son père, il n'aura de cesse de vouloir se détacher de son enfance. Ce n'est qu'à la mort de sa mère que la libération sera effective : lui-même se dira « libéré par les chaînes qui [le] retenaient à [son] enfance » (p. 281).

Le roman demeurerait sans originalité s'il n'était pas question du pouvoir du narrateur, sur lequel il convient de revenir, notamment sur sa dénomination. « Voleur », terme essentiellement péjoratif, renverrait à un acte volontaire moralement blâmable. Or le narrateur ne semble en user que par inadvertance, lorsque son ombre et celle d'une tierce personne se chevauchent. On s'en tiendra cependant au terme de « vol » tel que choisi par l'auteur. Le vol d'ombre est le symbole de l'importance de l'écoute des autres, au risque de se voir marqué à vie : ainsi le narrateur prend-il conscience que certains adultes peuvent être hantés par leur enfance, comme Yves ou lui-même plus tard. Ce don devient une métaphore de la transcendance, au sens étymologique du terme (*transcendere* signifie « surpasser, franchir »), du franchissement des frontières entre la raison et l'imperceptible.

LA MÈRE

Désespérée par le départ de son mari qui la quitte pour une autre femme, la mère du narrateur vit un amour fusionnel avec son fils, à qui elle cache pendant des années les lettres que son père n'a cessé de lui envoyer. Infirmière, elle travaille dur pour élever seule son enfant tout en laissant la part belle à son imagination débordante. Elle reste très proche de son fils pendant toute sa vie et lui cache, pour le préserver, la maladie qui finit par l'emporter.

LUC

Luc est le meilleur ami du narrateur : c'est d'ailleurs par rapport à ce dernier qu'il convient de l'appréhender. Partis du même milieu social, les deux personnages vont suivre deux chemins dont les lignes n'auront de cesse de vouloir se rapprocher, mais qui, en raison de forces plus grandes (déterminisme social, milieu, climat familial, etc.), finissent par s'éloigner.

Luc est le personnage territorialisé par excellence. Sitôt mis en dehors de son milieu social, il perd pied. Sa volonté est sans cesse restreinte. La ville n'est pour lui qu'une occasion de vertige : « J'aurais pu être chez moi ! J'étouffe ici, j'étouffe dans cette ville » (p. 190) confie-t-il au narrateur qui, pour un temps, l'entraine hors de ce destin qui finira par le rattraper. En effet, pour Luc (comme pour le narrateur d'ailleurs), tout commence dès l'enfance. Façonné par son milieu social et familial (la volonté du père de voir son fils devenir boulanger et prendre en charge la boulangerie familiale s'impose comme un paramètre déterminant dans la destinée du jeune Luc), le jeune homme voit son libre arbitre restreint par ces forces extérieures.

CLÉA

Le narrateur rencontre Cléa lors de vacances au bord de la mer, une petite fille apparemment sourde et muette. « Pour compenser sa surdité, Dieu a donné de grands yeux à Cléa, ils sont immenses, c'est ce qui fait toute la beauté de son visage » (p. 106), explique le narrateur, émerveillé par cette fillette qui connait des poésies par cœur et les récite avec les mains. Elle est son premier amour. Le jeune garçon reste ensuite sans nouvelles d'elle pendant de nombreuses années, avant de la retrouver à la fin du roman. Devenue musicienne, elle a réussi à combattre la forme rare d'autisme qui la privait de la parole et de l'ouïe.

SOPHIE

Sophie est une jeune fille férue de musique. Étudiante en médecine comme le narrateur, elle entretient avec lui des rapports ambigus, entre amour et amitié : « Sophie est une fille pétillante et jolie, nous sommes complices et flirtons depuis des mois sans jamais avoir donné de nom à notre relation. » (p. 131) Par ailleurs, la jeune fille finit par s'éloigner définitivement de lui, lasse de ses hésitations. Elle s'est, de plus, beaucoup rapprochée de Luc, qui lui fait une cour aussi discrète qu'assidue. Le roman ne donne finalement pas de détail sur la suite de leur histoire.

YVES

Yves, le gardien du collège, est le premier à compatir aux malheurs du narrateur en butte aux railleries de Marquès. Le narrateur, éberlué, découvre à son contact son étrange pouvoir, mais ce n'est que peu après qu'il se rendra compte que son don est lié au vol de l'ombre d'Yves. Le jeune garçon utilisera son pouvoir pour sauver le gardien d'un incendie et le libérer de son enfance traumatisante, marquée par le décès de sa mère à sa naissance et la violence de son père à son égard, au moyen de la fausse lettre d'amour de sa mère, qu'il rédige et lui remet.

CLÉS DE LECTURE

UN RÉCIT DE VIE

Le récit de vie, genre assez vaste dans ses formes qui consiste à évoquer la vie d'un personnage, recueille un grand succès auprès du public, que ce soit sous forme de livres ou de films.

Les caractéristiques du genre

De nature rétrospective, le récit de vie permet à son auteur de réfléchir au sens de ses actions et à leurs intérêts dans la trajectoire de son existence. Le récit de vie peut se présenter soit comme authentique, soit comme fictionnel. Lorsqu'il se présente comme authentique, il prétend alors exprimer la vérité. C'est le cas des biographies et des autobiographies qui consistent en le récit de la vie d'une personne réelle, que cela soit de sa propre existence ou de celle d'autrui, afin de mettre l'accent sur les faits marquants de son passé ainsi que sur ses traits de personnalité.

D'autre part, le récit de vie peut être fictionnel : il restitue alors une vie (ou une tranche de vie) fictive, où le récit est mené à la première personne par le narrateur, personnage de l'action, ou à la troisième personne, par un narrateur extérieur à l'action. Ces récits appartiennent à la fiction soit parce que les personnes dont on raconte la vie n'ont jamais existé, soit parce que les évènements relatés ne se sont jamais produits. L'auteur d'un récit de vie fictionnel peut également choisir de composer la biographie d'un personnage réel en lui attribuant des actions fictives. C'est le cas, par exemple, des *Mémoires d'Hadrien* (1951) de Marguerite

Yourcenar (femme de lettres française, 1903-1987), où l'auteure met en scène l'empereur romain Hadrien et son favori Antinoüs en leur inventant une vie. L'écrivain peut également utiliser un cadre réel et y placer un personnage fictif comme le fait Jonathan Littell (écrivain franco-américain, né en 1967) dans *Les Bienveillantes* (2006), fausses mémoires d'un bourreau nazi, Maximilien Aue.

Le Voleur d'ombres, un récit de vie fictionnel

Le Voleur d'ombres appartient à la vaste catégorie des récits de vie fictionnels, puisque le roman relate la vie d'un personnage qui n'a pas existé, sorti tout droit de l'imagination de l'auteur, et qui raconte son histoire à la première personne du singulier. Divisée en deux parties, l'œuvre évoque tout d'abord l'année scolaire de sixième du narrateur. Puis, après une ellipse narrative, le récit reprend lorsque le héros a 20 ans et poursuit des études de médecine. La part fictive est encore accentuée dans le roman de Marc Levy par l'introduction d'un élément fantastique qui donne son titre à l'ouvrage : le narrateur se découvre le don étrange de voler les ombres.

Ce choix de l'auteur d'exploiter le genre du récit de vie à travers la fiction vise à créer une proximité plus grande avec le lecteur qui semble ainsi prendre part de manière plus directe aux péripéties du personnage. De plus, le narrateur étant un enfant, parfois démuni face aux coups du sort, l'empathie du lecteur est davantage sollicitée que s'il s'agissait d'un narrateur adulte.

On retrouve également dans *Le Voleur d'ombres* certains

stéréotypes présents dans tous les récits de vie, qu'ils soient authentiques ou non. On distingue :

- **des stéréotypes thématiques.** La famille, la petite enfance, les vacances, le premier amour ou encore les études, constituent des thèmes majeurs et attendus de ce genre de récit ;
- **des stéréotypes narratifs.** Les récits de vie suivent souvent (lorsqu'ils s'attachent à l'existence entière d'un personnage) un schéma narratif particulier qui narre les grandes étapes de la vie des personnages : naissance, scolarité, début de l'âge adulte, vie sentimentale, initiation professionnelle, etc. Ces étapes-clés sont évoquées dans le roman de Levy. De plus, les évènements marquants de l'existence doivent obligatoirement être racontés et appartenir au passé, le passé du personnage permettant par là même de comprendre son présent et son avenir : ainsi, dans *Le Voleur d'ombres*, l'auteur aborde les voyages du narrateur au bord de la mer, ses rencontres déterminantes, comme celles d'Yves ou de Luc, ou encore les deuils qu'il vit avec le départ du père et le décès de la mère.

Ces étapes de la vie évoquent pour le lecteur un univers familier puisqu'elles correspondent au schéma type de toute existence humaine. Il s'agit d'un parcours en quelque sorte balisé qui rassure le lecteur et lui permet de s'identifier aux personnages. Or l'enjeu principal de Marc Levy dans *Le Voleur d'ombres* semble être de créer une proximité avec son lecteur.

En outre, notons que le récit de vie de Marc Levy est accompagné d'une morale qui peut également créer un effet de consensus : par le thème du vol des ombres, l'auteur invite les lecteurs à s'intéresser à leurs proches. Le narrateur regrette en effet, à plusieurs reprises dans le récit, de ne pas avoir porté suffisamment d'attention à Sophie, Luc, Alice ou à sa mère.

LE ROMAN POPULAIRE

Sous ce terme sont regroupés les romans qui touchent un large lectorat. Recouvrant la majeure partie de la production littéraire, le roman populaire est cependant souvent considéré comme le parent pauvre de la littérature : il est désigné parfois par les termes de « paralittérature », « roman de gare », « roman de quatre sous », etc., en raison de son caractère mercantile.

Historique et caractéristiques du genre

C'est en 1843 qu'apparait pour la première fois le terme de « roman populaire » à propos des *Mystères de Paris* (1843) d'Eugène Sue (écrivain français, 1804-1857). Au début, ces romans sont publiés essentiellement dans les journaux en plusieurs épisodes, d'où l'appellation de « roman-feuilleton ». Au milieu du XIXe siècle, le genre du roman populaire connait une importante démocratisation : la baisse des couts de production permet en effet une plus large diffusion des livres. Au milieu du XXe siècle, le roman populaire s'étend finalement à tous les genres, comme le policier et la science-fiction, et connait son apogée avec le format poche. Peu à peu, il gagne la reconnaissance du public lettré et s'étend aux jeunes lecteurs qui dévorent les aventures du

fameux *Club des cinq* (série publiée entre 1942 et 1963) d'Enid
Blyton (romancière britannique, 1897-1968), par exemple.

Ce genre de roman fonctionne le plus souvent selon des
recettes simples et éprouvées :

* les personnages ne possèdent pas une grande épaisseur
  psychologique. Ils sont répartis de manière manichéenne
  (les bons d'un côté, les méchants de l'autre) et correspondent souvent à des types (l'amoureuse innocente
  et naïve, le hors-la-loi sans aucun scrupule, le beau et
  intelligent gentleman, etc.) ;
* quant à l'intrigue, qui prime sur les considérations de
  style, elle est généralement assez stéréotypée. Elle se
  déroule de manière chronologique et reprend souvent les
  mêmes thèmes : histoire d'amour problématique, famille
  écrasée par un mauvais sort, erreur judiciaire, poids des
  évènements historiques, etc. ;
* enfin, la plupart des romans populaires présentent une
  morale qui exalte les bons sentiments et met en avant le
  bon sens populaire.

De cet ensemble fortement codifié sont nés des personnages
qui font partie du patrimoine littéraire, tels qu'Arsène Lupin,
Fantômas, Maigret ou encore le comte de Monte-Cristo. De
plus, certains auteurs comme Jules Verne (1828-1905) ou
Georges Simenon (1903-1989) ont acquis leurs lettres de
noblesse en écrivant des romans populaires.

Le Voleur d'ombres, un roman populaire ?

On retrouve dans *Le Voleur d'ombres* toutes les caractéristiques du roman populaire : les personnages, simples et bien identifiés (la mère aimante, le père absent, l'enfant qui souffre, le meilleur ami), évoluent dans une intrigue lénifiante à la morale empreinte de bons sentiments. La critique y a vu une littérature du pauvre dans la mesure où celle-ci rompt avec les exigences stylistiques classiques. La formule d'André Gide (écrivain français, 1869-1951), selon qui « c'est avec les beaux sentiments qu'on fait de la mauvaise littérature » (*Journal*, Paris, Gallimard, coll. « Bibliothèque de la Pléiade », t. 1, 1996, p. 1151), visait cette paralittérature.

Les œuvres de Marc Levy sont associées à la littérature dite populaire, à l'instar des romans de Guillaume Musso (écrivain français, né en 1974) par exemple, par plusieurs aspects :

- les thèmes souvent abordés (l'enfance, l'amour, l'amitié) ;
- les personnages stéréotypés (le père, le meilleur ami, l'amour d'enfance jamais oublié) ;
- les intrigues, qui suivent une progression linéaire et qui évoquent le parcours de personnages éprouvés par le destin (comme c'est le cas dans *Le Voleur d'ombres*) ;
- la morale délivrée (entraide, dévouement, préservation des liens familiaux).

Dès lors, Marc Levy reçoit souvent un accueil diversifié dans la presse. Si certains voient dans quelques-uns de ses titres des voyages initiatiques ou des récits empreints de poésie, d'autres y accolent systématiquement les termes de

« roman de plage » ou « de gare » en reprochant à l'auteur de ne pas chercher à élever le lecteur, mais au contraire de se mettre à son niveau en évoquant des thèmes connus des tous et en adoptant une langue simple. L'auteur s'est d'ailleurs insurgé, lors de la sortie du *Voleur d'ombres* contre ces « pseudolittéraires » qui fustigent systématiquement ses romans.

L'UNIVERSALITÉ DU ROMAN

Le roman n'est pas dénué d'une portée didactique. À travers le personnage du narrateur, ce sont les enfants en général qui sont ciblés ou du moins, l'enfant que chaque adulte a été. En considérant les blessures d'enfance et les ombres qui pèsent sur nos vies, Marc Levy s'adresse à tout le monde. *Le Voleur d'ombres* réfléchit en effet à la problématique de la construction de soi, depuis l'enfance jusqu'au sortir de l'adolescence.

Une esthétique du flou

Force est de constater que le roman fonctionne dans une dynamique de simplification qui s'observe à différents niveaux :

- **la prosopographie (ou portrait physique) est sommaire** tandis que le narrateur n'a pas d'identité. Dépourvu de nom et de prénom, il demeure une ombre aux contours indistincts. Son individualité se résume à une particularité physique partagée par de nombreux enfants : « Je portais des lunettes. [...] je mesurais dix centimètres de moins que les enfants de mon âge. » (p. 18) Sans doute est-ce là une ruse de l'auteur pour nous faciliter la projection de notre subjectivité sur la fine épaisseur du personnage. Dans *Le Voleur d'ombres* plus que jamais, « Je » est un autre. De Cléa également, nous ne connaissons que ses « grands yeux » qui sont « immenses » (p. 106). Quant à Sophie, elle n'est décrite qu'en tant que « fille pétillante et jolie » (p. 131) ;

- **l'atemporalité est privilégiée**. Dès le départ, le cadre spatiotemporel n'est pas clairement défini. Il n'est question que de « notre petite ville » (p. 63) ou de « ce patelin » (p. 157), tandis que Sophie évoque son enfance passée « dans une capitale » (p. 153).

C'est bien l'indéfinition qui est recherchée, ce qui rapproche le roman du genre du conte merveilleux : dans un cadre spatiotemporel indéterminé et dans un monde régi par des lois différentes du nôtre, les personnages évoluent et ne sont nullement perturbés par l'intervention d'éléments surnaturels. Reste à connaitre la finalité de cette récurrence d'un motif ancré dans le roman. Le vague est, par essence, l'indéfinissable, ce qui n'a pas de contours et qui doit, pour en gagner, faire appel à l'imagination du lecteur. Le flou, c'est également ce qui permet l'indistinction. Faut-il ainsi comprendre que tous les enfants se ressemblent ? Que parler d'un enfant, c'est parler de tous les enfants ? Ce qui conférerait une certaine portée universelle à ce roman.

Une leçon de vie

On comprend l'enjeu d'une telle lecture chez tout lecteur, qu'il soit jeune ou plus âgé. En effet, en plus de se voir représenter, celui-ci trouve une légitimation à ses maux

intérieurs. Le vol des ombres prend ainsi une portée mé-
taphorique et offre à son lectorat un modèle de la difficile
acceptation de son individualité, fût-elle des plus ardues à
livrer. En effet, le lecteur est accompagné dans ce processus
de libération que constitue une telle lecture.

Bâti sur deux parties distinctes, s'attachant au personnage
du narrateur dans son enfance puis dans sa jeunesse, le
roman réfléchit à la place de l'homme dans le monde. À travers le personnage du narrateur, c'est moins l'étude d'une
personne que la formation d'un caractère qui est recherchée. À de nombreuses reprises, le narrateur se transforme
en moraliste et livre de véritables maximes. Ces formules
concises portent un jugement critique sur le monde. Dans le
roman, le narrateur nous en livre sur divers thèmes :

- **l'amour :** « Je crois que l'amour, c'est triste et merveilleux. » (p. 83) ; « Un dernier baiser à sa mère est comme
  un rideau qui tombe pour toujours sur la scène de votre
  enfance » (p. 271) ;
- **l'amitié :** « Faut pas s'attacher aux autres, c'est trop
  risqué. » (p. 102) ;
- **le temps qui passe :** « Vos parents vieillissent jusqu'à
  un certain âge, où leur image se fige en votre mémoire. »
  (p. 129) ; « Les années ne passent qu'en apparence. Les
  moments les plus simples sont ancrés en nous à jamais. »
  (p. 161)

On remarque que, dans ces passages relevés, le présent
gnomique (ou présent de vérité générale), doublé du recours
aux déterminants définis, donne à ces formules le sens de
vérités générales auxquelles tout un chacun est amené,

sinon à y adhérer, du moins à y réfléchir.

UN PLAIDOYER POUR L'ART

Comment dire les choses ? Telle semble être la question centrale du roman. Le pouvoir du narrateur est là pour le signifier. Depuis le narrateur jusqu'à Sophie, tous ressentent un certain malêtre intérieur. Devant le manque de communication, le manque de courage, ou le défaut de langage, les personnages n'ont plus que l'expression artistique comme voie de recours. Ainsi que l'affirme le narrateur, « il n'y a pas que les mots qui permettent d'entendre ce que l'autre n'arrive pas à formuler » (p. 147). L'art est omniprésent dans le roman. Aussi chaque personnage se voit attribuer un art de prédilection, à travers lequel il s'exprime et communique avec autrui :

- **Le narrateur :** la poésie dans son enfance, et plus tard, l'écriture de sa vie ;
- **Luc :** l'artisanat ;
- **Cléa :** le langage des mains considéré par le narrateur de la plus belle beauté. « Cléa dessine des mots dans l'air, de la poésie atmosphérique » (p. 106). Puis, la parole retrouvée, ce sera le violoncelle ;
- **Sophie :** la musique classique.

L'expression de soi est, pour ainsi dire, à portée de mains.

UN ROMAN FANTASTIQUE ?

Entre genre littéraire à part entière, registre ou simple notion que chacun convoque selon son gout, le fantastique pose problème et a fait parler de lui. *Le Voleur d'ombres* est un obstacle supplémentaire : faut-il l'inclure, l'exclure ou trouver un chemin de compromission ?

Une définition impossible ?

Dans la conclusion de son ouvrage de synthèse *La littérature fantastique* (2015), Nathalie Prince revient sur la « fantasticité » des textes en la faisant reposer sur les quatre critères suivants :

- le surnaturel, accepté ou refusé et devant provoquer une hésitation ;
- le malfaisant, en la qualité de tout objet suscitant répulsion ;
- la peur et l'effroi. L'auteure rappelle que cet élément, bien que classé troisième, est « esthétiquement premier » (*La littérature fantastique*, Paris, Armand Collin, 2008, p. 99) ;
- l'intervention intellectuelle de la raison. Le texte fantastique donne à réfléchir par le bouleversement profond du monde qu'il provoque.

Son avis n'est pas unique au sein de la critique. En effet, depuis le début du XXᵉ siècle, chacun y est allé de sa définition. Les textes critiques foisonnent, et les travaux d'un Castex (historien de la littérature et critique littéraire, 1915-1995) ou d'un Todorov (critique littéraire et sémiologue d'origine bulgare, 1939-2017) ne sont que la partie émergée de l'immense iceberg théorique. Dans *Panorama de la littérature fantastique de langue française*, Jean-Baptiste Baronian brosse l'histoire agitée d'un genre que chacun, affirme-t-il, a pris plaisir à modeler, refusant tel critère, en incluant en autre, en toute subjectivité. Ces quelques lignes résument les difficultés inhérentes au genre du fantastique :

> « [Tout] ce qui n'est pas réaliste n'est pas nécessairement fantastique, et ce n'est pas non plus parce que certaines œuvres s'arcboutent autour d'une idée ou d'un thème insolites qu'elles sont du même coup fantastiques. C'est-à-dire [...] susceptibles de provoquer une rupture de type surnaturel au sein de l'ordre rationnel. En fait, le fantastique ne constitue qu'une catégorie [...] de la littérature de l'étrange. Bien qu'elles ne soient pas étanches et strictes, ces multiples subdivisions ont chacune leurs particularités. » (BARONIAN J.-B., *Panorama de la littérature fantastique de langue française*, Paris, La Table Ronde, coll. « La petite vermillon », 2007, p. 23)

Ainsi le surnaturel est-il insuffisant pour définir le fantastique.

Le cas du *Voleur d'ombres*

On comprend ainsi mieux notre hésitation à classer définitivement *Le Voleur d'ombres* dans la catégorie du genre fantastique. Mis à part la présence du surnaturel, le roman ne répond pas aux trois autres critères susmentionnés. En effet, c'est dès le début que le roman bascule dans l'étrange, avec la survenue d'un évènement surnaturel : alors que le narrateur converse avec Yves dans la cour de récréation, leurs ombres se superposent. Ce qui sera présenté comme un « pouvoir extraordinaire » (p. 57), « pas anodin » (p. 53), permet au jeune garçon d'entendre l'indicible, parce que trop douloureux ou trop intime. Loin d'en faire un motif de mystère doublé d'angoisse et de terreur, le narrateur admet cet « étrange phénomène » (p. 52) dans son monde. Ce qui relève du prodige ne blesse en aucune façon la « cohérence universelle ». En tant que lecteur, on ne ressent aucune peur, ni aucun sentiment de malaise, contrairement à ce que nous serions en mesure d'attendre d'un texte fantastique.

Ainsi, si l'on décide de ranger l'œuvre de Marc Levy sous l'étiquette fantastique, avouons que le texte détonne aux côtés d'un Frankenstein (1818), du *Portrait de Dorian Gray* (1891), ou encore d'un *Dracula* (1897), notamment en raison de l'absence du vecteur de la peur et de l'effroi. De plus, la lecture de *Dracula* demeure une expérience différente, plus agressive, que celle du gentil et doux *Voleur d'ombres*.

Le compromis de l'écriture magico-réaliste

Pour autant, classer le roman dans la catégorie du roman réaliste serait tout aussi erroné. Le roman est plutôt une hybridation entre le roman réaliste et le merveilleux. Proposant une classification afin de regrouper ces œuvres mêlant en leur sein réalisme et éléments fantastiques, la critique s'est intéressée à ce compromis nommé « réalisme magique », ou « écriture magico-réaliste ».

Les avis divergent quant à la naissance du terme : certains l'attribuent à Novalis à la fin du XVIIIe siècle ou au romancier Alejo Carpentier (écrivain et essayiste cubain, 1904-1980) lorsque celui-ci emploie, dans la préface au roman *Le Royaume de ce monde* de 1949, l'expression de « *real mara-villoso* » (réel merveilleux) tandis que d'autres la font re-monter aux années 1920, sous la plume de certains critiques d'art allemands qui l'ancrent dans le discours critique. Entre mode d'écriture et genre à part entière, le réalisme magique fait la synthèse entre réalisme et fantastique et permet au merveilleux de se déployer dans l'ordinaire, altérant l'étanchéité des frontières entre ces différentes catégories. Cette définition s'applique à de nombreuses œuvres de la littérature sud-américaine, notamment celle de Gabriel Garcia Marquez (écrivain colombien, 1928-2014), considéré comme le chef de file de ce mouvement.

L'influence de ce mode d'écriture, entre réalisme et fantastique, sur le roman de Marc Levy est prégnante. Le réalisme et l'imaginaire réconciliés dans l'espace textuel ainsi que les voix blessées et privées de lieu de parole ont désormais un terrain d'expression. L'adhésion du lecteur est assurée. Une nouvelle cohérence du monde est créée, liant réalisme et fantastique, le temps de la lecture du moins.

PISTES DE RÉFLEXION

QUELQUES QUESTIONS POUR APPROFONDIR SA RÉFLEXION...

- Le roman de Marc Levy comporte une dimension qu'on peut qualifier de fantastique. Comment s'exprime-t-elle ?
- Pour quelles raisons ce roman peut-il être considéré comme appartenant à la littérature populaire ?
- Selon vous, en quoi *Le Voleur d'ombres* appartient-il au genre du récit de vie ?
- *Le Voleur d'ombres* comporte-t-il, selon vous, un aspect moral ? Si oui, quelle est la leçon de vie contenue dans le récit ?
- L'auteur a choisi d'insérer une ellipse narrative entre les deux parties du roman. Quelle est sa durée et pourquoi, selon vous, Marc Levy a-t-il choisi de passer sous silence une partie de la vie du narrateur ?
- Le roman présente trois figures féminines différentes. Quelles sont-elles et quelles sont leurs particularités respectives ? Peut-on établir un lien entre elles ?
- Comment expliquez-vous l'attitude du narrateur face à Sophie ?
- Quels avantages tire le narrateur de son don de voler les ombres ? Cette faculté ne comporte-t-elle que des aspects positifs ?
- En quoi l'autisme de la jeune Cléa est-il symbolique ? Comment expliquez-vous sa guérison ?
- Quelle vision de l'enfance ce roman transmet-il au lecteur ?
- Dans quelle mesure le déterminisme social pèse-t-il sur le

personnage de Luc ?

Votre avis nous intéresse !
Laissez un commentaire sur le site de votre librairie en ligne
et partagez vos coups de cœur sur les réseaux sociaux !

POUR ALLER PLUS LOIN

ÉDITION DE RÉFÉRENCE

- LEVY M., *Le Voleur d'ombres*, Paris, Robert Laffont, 2010.

ÉTUDES DE RÉFÉRENCE

- ARON P., SAINT-JACQUES D. et VIALA A., *Le Dictionnaire du littéraire*, Paris, PUF, 2002.
- BARONIAN J.-B., *Panorama de la littérature fantastique de langue française*, Paris, La Table Ronde, coll. « La petite vermillon », 2007
- CAILLOIS R. *et alii*, « Fantastique », in *Encyclopaedia universalis*, consulté le 08 mars 2017, http://www.universalis.fr/encyclopedie/fantastique/
- FARIS W. B., *Ordinary Enchantments. Magical Realism and the Remystification of Narrative*, Nashville, Vanderbilt University Press, 2004
- GIDE A., *Journal*, Paris, Gallimard, coll. « Bibliothèque de la Pléiade », t. 1, 1996.
- MOUGIN P. et HADDAD-WOTLING K. (dir.), *Dictionnaire mondial des littératures*, Paris, Larousse, coll. « Grands dictionnaires culturels », 2012.
- PRINCE N., *La littérature fantastique*, Paris, Armand Collin, 2008.

SUR LEPETITLITTÉRAIRE.FR

- Fiche de lecture sur *Elle & lui* de Marc Levy.
- Fiche de lecture sur *Et si c'était vrai...* de Marc Levy.

- Fiche de lecture sur *L'Étrange Voyage de Monsieur Daldry* de Marc Levy.
- Fiche de lecture sur *Si c'était à refaire* de Marc Levy.
- Fiche de lecture sur *Un sentiment plus fort que la peur* de Marc Levy.
- Fiche de lecture sur *Une autre idée du bonheur* de Marc Levy.

Retrouvez notre offre complète sur lePetitLittéraire.fr

- des fiches de lectures
- des commentaires littéraires
- des questionnaires de lecture
- des résumés

ANOUILH
- Antigone

AUSTEN
- Orgueil et Préjugés

BALZAC
- Eugénie Grandet
- Le Père Goriot
- Illusions perdues

BARJAVEL
- La Nuit des temps

BEAUMARCHAIS
- Le Mariage de Figaro

BECKETT
- En attendant Godot

BRETON
- Nadja

CAMUS
- La Peste
- Les Justes
- L'Étranger

CARRÈRE
- Limonov

CÉLINE
- Voyage au bout de la nuit

CERVANTÈS
- Don Quichotte de la Manche

CHATEAUBRIAND
- Mémoires d'outre-tombe

CHODERLOS DE LACLOS
- Les Liaisons dangereuses

CHRÉTIEN DE TROYES
- Yvain ou le Chevalier au lion

CHRISTIE
- Dix Petits Nègres

CLAUDEL
- La Petite Fille de Monsieur Linh
- Le Rapport de Brodeck

COELHO
- L'Alchimiste

CONAN DOYLE
- Le Chien des Baskerville

DAI SIJIE
- Balzac et la Petite Tailleuse chinoise

DE GAULLE
- Mémoires de guerre III. Le Salut. 1944-1946

DE VIGAN
- No et moi

DICKER
- La Vérité sur l'affaire Harry Quebert

DIDEROT
- Supplément au Voyage de Bougainville

DUMAS
- Les Trois
  Mousquetaires

ÉNARD
- Parlez-leur
  de batailles,
  de rois et
  d'éléphants

FERRARI
- Le Sermon sur la
  chute de Rome

FLAUBERT
- Madame Bovary

FRANK
- Journal
  d'Anne Frank

FRED VARGAS
- Pars vite et
  reviens tard

GARY
- La Vie devant soi

GAUDÉ
- La Mort du
  roi Tsongor
- Le Soleil des
  Scorta

GAUTIER
- La Morte
  amoureuse
- Le Capitaine
  Fracasse

GAVALDA
- 35 kilos d'espoir

GIDE
- Les
  Faux-Monnayeurs

GIONO
- Le Grand
  Troupeau
- Le Hussard
  sur le toit

GIRAUDOUX
- La guerre de
  Troie
  n'aura pas lieu

GOLDING
- Sa Majesté des
  Mouches

GRIMBERT
- Un secret

HEMINGWAY
- Le Vieil Homme
  et la Mer

HESSEL
- Indignez-vous !

HOMÈRE
- L'Odyssée

HUGO
- Le Dernier Jour
  d'un condamné
- Les Misérables
- Notre-Dame
  de Paris

HUXLEY
- Le Meilleur
  des mondes

IONESCO
- Rhinocéros
- La Cantatrice
  chauve

JARY
- Ubu roi

JENNI
- L'Art français
  de la guerre

JOFFO
- Un sac de billes

KAFKA
- La Métamorphose

KEROUAC
- Sur la route

KESSEL
- Le Lion

LARSSON
- Millenium 1. Les
  hommes qui
  n'aimaient pas
  les femmes

LE CLÉZIO
- Mondo

LEVI
- Si c'est un
  homme

LEVY
- Et si c'était vrai…

MAALOUF
- Léon l'Africain

MALRAUX
- La Condition humaine

MARIVAUX
- La Double Inconstance
- Le Jeu de l'amour et du hasard

MARTINEZ
- Du domaine des murmures

MAUPASSANT
- Boule de suif
- Le Horla
- Une vie

MAURIAC
- Le Nœud de vipères

MAURIAC
- Le Sagouin

MÉRIMÉE
- Tamango
- Colomba

MERLE
- La mort est mon métier

MOLIÈRE
- Le Misanthrope
- L'Avare
- Le Bourgeois gentilhomme

MONTAIGNE
- Essais

MORPURGO
- Le Roi Arthur

MUSSET
- Lorenzaccio

MUSSO
- Que serais-je sans toi ?

NOTHOMB
- Stupeur et Tremblements

ORWELL
- La Ferme des animaux
- 1984

PAGNOL
- La Gloire de mon père

PANCOL
- Les Yeux jaunes des crocodiles

PASCAL
- Pensées

PENNAC
- Au bonheur des ogres

POE
- La Chute de la maison Usher

PROUST
- Du côté de chez Swann

QUENEAU
- Zazie dans le métro

QUIGNARD
- Tous les matins du monde

RABELAIS
- Gargantua

RACINE
- Andromaque
- Britannicus
- Phèdre

ROUSSEAU
- Confessions

ROSTAND
- Cyrano de Bergerac

ROWLING
- Harry Potter à l'école des sorciers

SAINT-EXUPÉRY
- Le Petit Prince
- Vol de nuit

SARTRE
- Huis clos
- La Nausée
- Les Mouches

SCHLINK
- Le Liseur

SCHMITT
- La Part de l'autre
- Oscar et la
  Dame rose

SEPULVEDA
- Le Vieux qui
  lisait des romans
  d'amour

SHAKESPEARE
- Roméo et Juliette

SIMENON
- Le Chien jaune

STEEMAN
- L'Assassin
  habite au 21

STEINBECK
- Des souris et
  des hommes

STENDHAL
- Le Rouge et
  le Noir

STEVENSON
- L'Île au trésor

SÜSKIND
- Le Parfum

TOLSTOÏ
- Anna Karénine

TOURNIER
- Vendredi ou
  la Vie sauvage

TOUSSAINT
- Fuir

UHLMAN
- L'Ami retrouvé

VERNE
- Le Tour
  du monde
  en 80 jours
- Vingt mille
  lieues sous
  les mers
- Voyage au
  centre de
  la terre

VIAN
- L'Écume des jours

VOLTAIRE
- Candide

WELLS
- La Guerre des
  mondes

YOURCENAR
- Mémoires
  d'Hadrien

ZOLA
- Au bonheur
  des dames
- L'Assommoir
- Germinal

ZWEIG
- Le Joueur
  d'échecs

www.lepetitlitteraire.fr

ISBN version numérique : 978-2-8062-5171-8
ISBN version papier : 978-2-8062-5215-9
Dépôt légal : D/2013/12603/80

Avec la collaboration de Bachir Bourras pour l'étude des personnages du narrateur et de Luc ainsi que pour les chapitres « L'universalité du roman » et « Un roman fantastique ? ».

Conception numérique : Primento,
le partenaire numérique des éditeurs.

Ce titre a été réalisé avec le soutien de la Fédération Wallonie-Bruxelles, Service général des Lettres et du Livre.